A semente que veio da África

aprenda
a jogar o *awalé*

Vire a página e conheça
as regras desse jogo
inteligente e divertido.

As regras do jogo

(escritas por Georges Gneka)

Junte 48 sementes ou pedrinhas, leia as instruções e convide seus amigos para jogar o awalé.

1. Objetivo do jogo: realizar uma grande colheita. O jogador que colher o maior número de sementes até o final da partida, ganha.

2. Campo do jogo: é dividido em 2 territórios, com 6 buracos cada um. Cada jogador escolhe o seu território: o sul ou o norte.

3. Início do jogo: cada cova receberá, igualitariamente, 4 sementes, de forma que cada jogador preencha todos os buracos do seu campo, plantando 24 sementes no total.

4. A vez de cada jogador: os participantes combinam sobre quem iniciará a partida. Quem começa, escolhe uma das covas do seu território e retira seu conjunto de sementes (4) para redistribuí-las.

5. A redistribuição: a direção do jogo é sempre para a direita.
Depois de esvaziar a cova escolhida, o jogador coloca uma das 4 sementes em cada uma das covas seguintes. Portanto, os 4 buracos à direita do vazio receberão cada qual uma semente.

6. Plantar no território do adversário: o próximo a jogar é o adversário. Da mesma forma, ele escolhe uma cova, no seu território, retira dela todas as sementes e as redistribui, respeitando o sentido (sempre à sua direita) e a sequência (não pular nenhuma cova). Assim, as sementes se deslocam por entre as cavidades do seu território, mas também nas do adversário. E cada cova vai acumulando as novas, que se somam às sementes iniciais. O partilhar também gera situações em que as covas podem ficar com poucas sementes.

7. Colheita: as covas com 1, 2 ou 3 sementes correm risco. Se um jogador calcular bem, de forma que a última semente distribuída caia numa cova do adversário que tenha 1, 2 ou 3 sementes, ele tem o direito de esvaziar a cova, recolhendo as sementes para si e tirando-as do jogo. Mas isso vale apenas para as covas com 3 sementes ou menos.

8. Colheita múltipla: as covas do adversário que tenham poucas sementes se tornam alvo. Quando um dos jogadores consegue "colher" todas as sementes de alguma cova, como descrito acima, todas as covas precedentes que também contiverem de 1 a 3 sementes poderão ser esvaziadas. O jogador pode, assim, conseguir, numa só jogada, colher uma série grande de sementes de várias covas em sequência.

9. Fazer um krou*: dar uma volta completa. Se a cova escolhida pelo jogador para iniciar a jogada tiver mais de 11 sementes, ele terá de depositar as demais em sequência, uma em cada cova, o que fará com que dê uma volta completa no tabuleiro, passando pelos dois campos. Nesse caso, a cada passagem o jogador deverá pular a cova de partida, que deve ficar sempre vazia.

10. Dar a comer: neste jogo, não se tem o direito de deixar o adversário faminto. Se o adversário não tiver mais nenhuma semente no seu campo, o outro jogador deve entregar-lhe uma semente, retirada de uma de suas covas, para que o jogo possa continuar. De uma semente pode-se voltar a ter muitas.

11. Fim do jogo: quando o número de sementes for tão pequeno que nenhum participante consiga capturar a semente do outro, o jogo acaba. Ganha quem tiver retirado o maior número de sementes.

12. O jogador: Ele planta, ele colhe. E deve calcular, pela quantidade de sementes de onde parte, onde vai cair e o quanto poderá colher do adversário. Do mesmo modo, deve calcular para que as covas de seu território não fiquem com poucas sementes.

———————————

* Nome do grupo e da etnia a que eu pertenço.

Na África, joga-se o *awalé* fazendo-se doze buracos na terra
ou em jogos construídos em madeira, como esse belíssimo crocodilo.
Mas você pode usar uma caixa de uma dúzia de ovos, como na foto abaixo.

Foto: Luciano Banezza/CID

Heloisa Pires Lima

Georges Gneka Mário Lemos

A semente que veio da África

DE ACORDO COM AS NOVAS NORMAS ORTOGRÁFICAS

ilustrações de
Véronique Tadjo

SALAMANDRA

textos © Heloisa Pires Lima, Georges Gneka, Mário Lemos
2004
ilustrações © Véronique Tadjo, 2004
Coordenação editorial
Lenice Bueno da Silva

Projeto Gráfico e editoração eletrônica
Alcy

Revisão
Ana Maria de Carvalho Tavares, Elaine Cristina del Nero

Pesquisa iconográfica
Ana Lucia Soares

Impressão A. S. Pereira Gráfica e Editora EIRELI
LOTE: 804857 - Código: 12043487

Dados Internacionais de Catalogação na Publicação (CIP)
(Câmara Brasileira do Livro, SP, Brasil)

Lima, Heloisa Pires
    A semente que veio da África / Heloisa Pires Lima,
Georges Gneka, Mário Lemos ; ilustrações de
Véronique Tadjo. – São Paulo : Salamandra, 2005.

    ISBN 85-16- 04348-7

    África - Contos - Coletâneas - Literatura
infantojuvenil 2. Contos - Coletâneas - Literatura
infantojuvenil I. Gneka, Georges. II. Lemos, Mário.
III. Tadjo, Véronique. IV. Título.

04-3753   CDD-028.5

Índices para catálogo sistemático:
1. Contos africanos: Coletâneas: Literatura infantil   028.5
2. Contos africanos: Coletâneas: Literatura infantojuvenil 028.50

Todos os direitos reservados no Brasil por
Editora Moderna Ltda.
Rua Padre Adelino, 758 – Belenzinho
03303-904 – São Paulo – SP
Vendas e atendimento: Tel: (11) 2790-1300
Fax: (11) 2790-1501
Impresso no Brasil, 2025

Crédito das fotos
*Pág. 46: CID • Pág. 47: © Eric & David Hosking / Corbis-Stock Photos • Pág. 48: (foto 1) © Yann Arthus-Bertrand / Corbis-Stock Photos;
(foto2) © Eric & David Hosking / Corbis-Stock Photo; (foto 3) © Eric & David Hosking / Corbis-Stock Photos •
Pág. 49: (foto 1) © Poussin Alexandre / Paris Match-Gamma; (foto 2) © Gabriel de Luê Lima; (foto 3) © Gallo Images / Corbis-Stock Photos •
Pág. 50,51: © Gallo Images / Corbis-Stock Photos • Pág. 52: © Mário Lemos • Pág. 53,54: Luciano Banezza / CID • Pág. 55: © Mário Lemos •
Contracapa: © Gallo Images / Corbis-Stock Photos*

Sumário

Você já colheu uma história?

Certa vez, eu andava de barco pela África, quando escutei algumas pessoas falarem de uma árvore que existe naquele continente. Me aproximei e quis saber mais, e então me disseram:

– É uma árvore de onde se colhem histórias.

Fiquei imaginando uma história dentro de uma fruta rechonchuda, perfumada, saborosa, que dá no pé de... qual era mesmo o nome da árvore?

Acabei descobrindo que um guri que more ao sul de algum país africano pode lhe dar um nome. Mas uma guria que vive ao norte da África pode lhe dar outro, bem diferente. Todos, no entanto, a reconhecem, porque ela vive muito. Mais de cem, de mil, até seis mil anos. Também não há quem não se espante ao cruzar com ela. Gigante na largura, pode ter até 45 me-tros (eu disse metros!) de cintura. Quanto você mede? Agora imagine trinta metros. Dizem que ela, na altura, pode chegar a atingir esse tamanhão.

Então ela pode ter muitos nomes, muita idade e muitos metros.

Daí tive a ideia de fazer este livro e convidei o Mário Lemos, que mora em Moçambique, e o Georges Gneka, que nasceu na Costa do Marfim, para escreverem o que contam sobre ela nas suas regiões. É a mesma árvore que nasce em muitos lugares. Por isso, dela se colhem várias histórias rechonchudas. Véronique Tadjo, que atualmente vive na África do Sul, ilustrou o que todo mundo escreveu.

Agora só falta uma coisa: quem vai descobrir o nome da árvore?

Mas esta história começa muito antes. No tempo em que a árvore ainda era semente.

Heloisa Pires Lima

As sementinhas de gigantes

Heloisa Pires Lima

Eram duas sementes bem pequenininhas. O vento olhou para elas e resolveu soprar. Primeiro, de mansinho. Assim:

– Foouuu!

Depois:

– Foouuuuuuuuuuu!

E foi ficando mais forte:

– Foooooouuuuuuuuuuuuuuuuuuuuuuuuuuuuuuuuuuuuuuu!

As sementinhas se mexeram, depois rolaram, viraram cambalhota sem parar. Foram conhecendo novos lugares. Um aqui. Outro ali. Um pouco mais adiante depois.

Até que, certo dia, uma delas sentiu um pingo d'água bem em cima de seu cocuruto. A outra recebeu um respingo vindo de outro lado.

– Pluc.

– Pluc, plucpluc.

Dali a pouco:

– Plucpluchuchiiiuuuuuuuuuuuuuuuuuu...

E foi um aguaceiro só. Os grãos tiveram que nadar, mas a correnteza ficava mais e mais forte, e eles foram se batendo por entre pedras, troncos aos trancos e barrancos. E veio a noite, trazendo uma lua e um piscar de uma, duas, cem, muitas estrelinhas.

Depois amanheceu o dia quente. Passarinhos, bem cedinho, conversavam tudo o que sabiam. Era uma barulheira de todos conversando com todos ao mesmo tempo.

E nossas sementes, onde estariam?

A primeira, do fundo de um lamaçal, via as luzes da noite. A outra encontrou abrigo do sol debaixo de folhinhas perfumadas.

O tempo foi passando. E passou muito tempo. Foi muito mesmo.

As sementes, aconchegadas pela terra, começaram... de repente... a sentir uma força que vinha de dentro delas. E era tanta, que sua casca abriu para deixar sair pequenas raízes bem novinhas.

O impulso de crescer não parava, e as sementes se transformaram num caule, uma espécie de pescoço, que se espichava cada vez mais alto, mais alto, mais alto.

Surgiram assim duas árvores, brotadas do chão. Uma delas nasceu num lugar em que a chamam de baobá. A outra cresceu numa região onde a chamam de embondeiro. Depois de mil anos, dois gigantes elas se tornaram.

O que dizem sobre elas não sou eu quem vai contar.

A semente de baobá

Georges Gneka

*Enquanto todas as árvores
tiram sua força da terra, o baobá vai
buscá-la no infinito dos céus!*

A árvore de cabeça
para baixo
(uma história da Costa do Marfim)

Nos primórdios da vida, o Criador fez surgir tudo no mundo. Ele criou primeiro o baobá, e só depois continuou a fazer tudo existir.

Mas ao lado do baobá havia um charco. O Criador havia plantado o primogênito bem perto de uma região alagadiça. Sem vento, a superfície daquelas águas ficava lisa como um espelho. O baobá se olhava, então, naquele espelho d'água. Ele se olhava, se olhava e dizia insatisfeito:

— Por que não sou como aquela outra árvore?

Ora achava que poderia ter os cabelos mais floridos, as folhas, talvez, um pouco maiores.

O baobá resolveu, então, se queixar ao Criador, que escutou por uma, duas horas as suas reclamações. Entre uma queixa e outra, o Criador comentava:

– Você é uma árvore bonita. Eu gosto muito de você. Me deixe ir, pois preciso continuar o meu trabalho.

Mas o baobá mostrava outra planta e perguntava: Por que suas flores não eram assim tão cheirosas? E sua casca? Parecia mais a pele enrugada de uma tartaruga. E o Criador insistia:

– Me deixe ir, você para mim é perfeito. Foi o primeiro a ser criado e, por isso, tem o que há de melhor em toda a criação.

Mas o baobá implorava:

– Me melhore aqui, e um pouco mais ali...

O Criador, que precisava fazer os homens e os outros seres da África, saía andando. E baobá o seguia onde quer que ele fosse. Andava pra lá e pra cá. (E é por isso que essa árvore existe por toda a África.)

O baobá não deixava o Criador dormir. Continuava e continuava, e continuava sempre a implorar melhorias.

Justo a árvore que o Criador achava maravilhosa, pois não era parecida com nenhuma outra, nunca ficava satisfeita! Até que, um dia, o Criador foi ficando irritado, irritado, mas muito irritado, pois não tinha mais tempo pra nada. Ficou irado mesmo. E aí então se virou para o baobá e disse:

– Não me amole mais! Não encha mais a minha paciência. Pare de dizer que na sua vida falta isso e aquilo. E cale-se agora.

Foi então que o Criador agarrou o baobá, arrancou-o do chão e o plantou novamente. Só que... dessa vez, foi de ponta-cabeça, para que ele ficasse de boca calada.

Isso explica sua aparência estranha; é como se as raízes ficassem em cima, na copa. Parece uma árvore virada de ponta-cabeça!

Até hoje dizem que os galhos do baobá, voltados para o alto, parecem braços que continuam a se queixar e a implorar melhorias para o Criador. E o Criador, ao olhar para o baobá, enxerga a África.

O baobá e eu

Ao contrário da maioria dos jovens da Costa do Marfim da minha geração, eu nasci numa grande cidade e cresci na capital do país, Abidjã. Não nasci num vilarejo, onde os ensinamentos da vida se dão segundo a tradição. Nossos antepassados entregavam a sua sabedoria por meio da palavra. Não escreviam tudo.

Os contos e as lendas também são formas de passar conhecimento. Assim, atravessam os tempos, embora recebam a tinta de quem conta as histórias. Desse jeito chegam até nós, carregando sempre o seu profundo sentido.

Meu pai, que sabia da importância de nossa tradição, nos mandava, eu e meus irmãos, passar parte de nossas férias nas aldeias de nossos avós maternos e paternos. A do meu avô, Valentin, ficava no meio da floresta e não dava para chegarmos até lá de carro. Sempre fazíamos parte do trajeto a pé, com um parente, que nos guiava. Era uma viagem longa, mas de jeito nenhum cansativa. O guia tinha sempre uma história para cada coisa que existe no mundo, que ia nos contando. Aliás, na minha terra, nada existe por acaso; todo rio tem uma fonte, todo fim tem um começo, tudo tem uma causa, que é a causa duma outra coisa. E isso dava muita conversa pelo caminho, quando a gente parava, sentava, ou colhia umas frutas e respirava o ar puro da floresta. Lembro de tudo muito bonito!

Na aldeia de Sekleke, que ficava longe, na beira do mar, vivia minha avó Towenin. Eu gostava mais de ir lá. Minha avó vivia sozinha e plantava o que comia. Já era velha, mas tinha muita energia. Ao amanhecer, íamos mata adentro ver a plantação. Então ela me deixava limpar um pedaço de terra, onde eu plantava mandioca e meu milho.

Mas minha alegria era mesmo o mar. E lá ia eu com meus primos nadar.

Nas noites de lua cheia, todo o vilarejo sentava debaixo de uma grande árvore, para ouvir e trocar umas histórias, que falavam de animais, de água, de fogo, do por que disso, por que daquilo. Eu era muito curioso e ficava intrigado. Por que os velhos sempre se reuniam, por horas, discutindo debaixo da *Árvore da palavra*, que era como a chamavam? Como era imponente, com seus braços levantados na direção dos céus, parecendo implorar eternamente algo para o divino. Será que ela levava mesmo as mensagens dos velhos para o além?

Sim, respondeu minha avó, que me contou outras tantas histórias. Até a que contei a vocês.

Na aldeia de minha avó aprendi também outras coisas. Os frutos do baobá são uma cabaça, cheia de caroços. Eles servem para desenvolver um jogo chamado de *awalé*. Mais adiante, vou ensinar a vocês como se joga. Mas quero contar ainda que, um dia, sentado debaixo de um baobá, ouvi uma tia dizer:

– Esse menino vai nos deixar e vai viver do outro lado da água (o mar) e talvez não volte tão cedo para nós.

Ela falava sobre o meu futuro. Ninguém acreditou. Eu também não. Mas comecei a sonhar com isso. Quanto mais o tempo passava e eu crescia, mais eu queria que se tornasse realidade. E isso aconteceu. Pois o vento não leva o pólen para uma planta nascer em outro lugar?

Pois é. Quando eu terminei a faculdade, recebi a proposta de uma bolsa de estudos para o Brasil. A minha tia tinha acertado. Era além-mar. Assim, o vento me levou primeiro a Gana, no país dos achantis. Depois fui para a Nigéria, onde vivem os povos iorubás, ibos e haussás. Finalmente, quinze dias depois, chegava ao Brasil. Primeiro em Salvador. Depois mais andanças e, enfim, São Paulo, onde finquei minhas raízes.

Georges Gneka

A semente de embondeiro

Mário Lemos

*A sabedoria é como o tronco
de um embondeiro. Uma pessoa sozinha
não consegue abraçá-lo.*

Nyelete e o embondeiro

(uma *karingana ua karingana* de Moçambique)

O embondeiro é gigantesco, enoooorme, imponente e muito respeitado em Moçambique, país da África onde nasci. Vou contar uma *karingana ua karingana*, como meu avô me contava, à noite, depois do jantar. É a história de Nyelete, uma menina que não sabia muita coisa sobre os embondeiros.

Aconteceu nas primeiras férias em que Nyelete visitou os avós, que moravam no campo. Seus pais falavam tanto do lugar onde haviam nascido, que a menina estava ansiosa. Desejava muito fazer essa viagem.

VOCABULÁRIO

Karingana ua karingana – **é como se chamam as fábulas, no sul de Moçambique.**

Machimbombo – **ônibus**

E aí chegou o dia. O avô Malinda foi buscá-la na paragem dos *machimbombos*, e logo lhe mostrou o rio que passava perto da aldeia. Estava cheio de peixes, mas também muitas aves nele viviam.

Ficaram espiando o gado que ia beber naquelas águas, assim como os animais selvagens, girafas, elefantes, flamingos, hipopótamos e até zebras, que apareciam para tomar banho. Pelo caminho, encontraram cabritos, que pulavam pelas pastagens. Mas engraçadas mesmo eram as gazelas, que saltitavam e desapareciam por entre o capim.

A avó ficou tão contente com a chegada de Nyelete, que a levou para apanhar caju, tangerinas, mangas e laranjas, deixando a menina carregadinha de frutos.

E, assim, Nyelete foi concordando que era mesmo muito bonita a terra onde os seus pais haviam nascido. Muito mais do que lhe contaram.

ÁFRICA

Moçambique

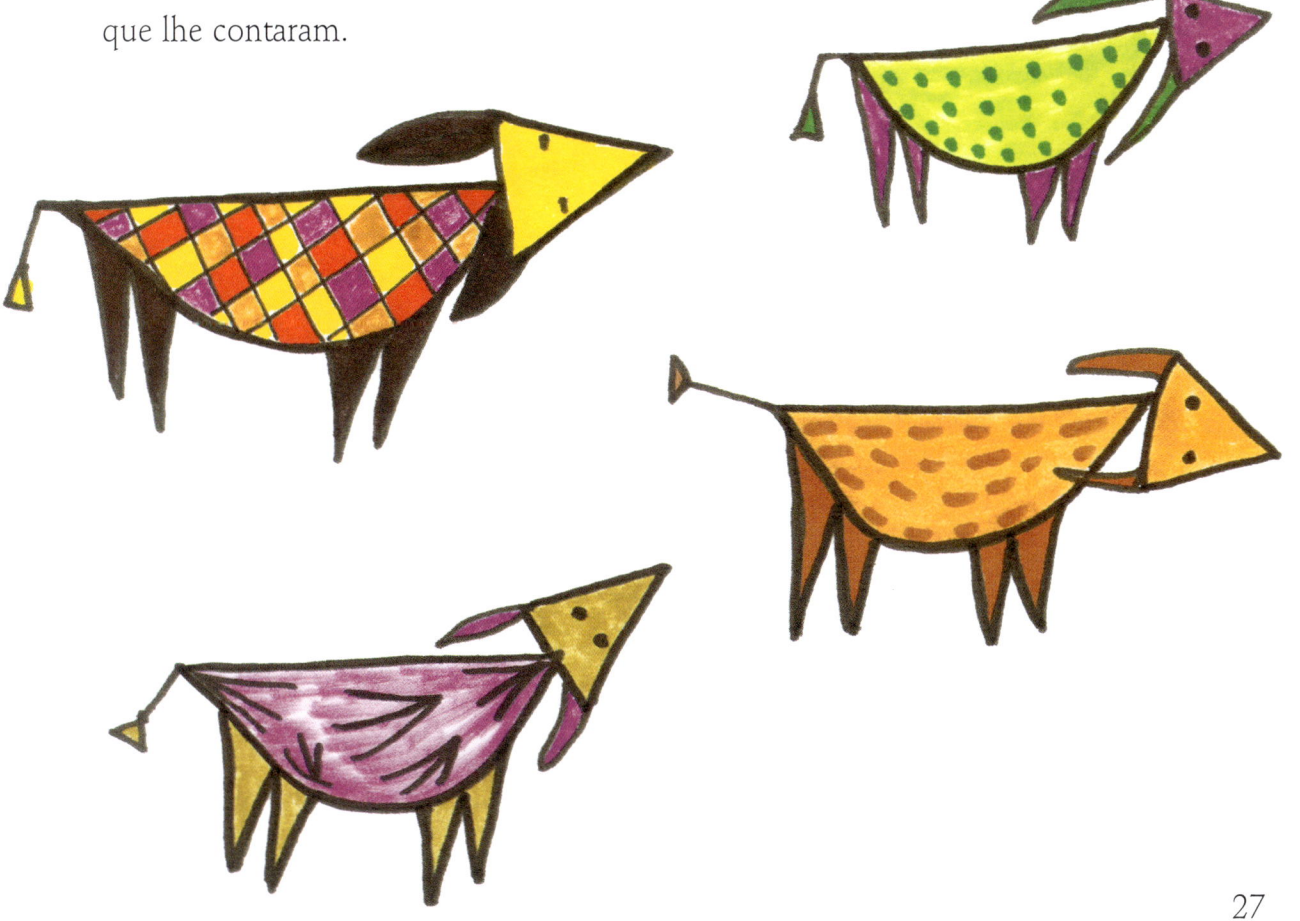

Mas o que ela esperava mesmo era a noite chegar. Seus pais falaram tantas vezes de um luar tão, mas tão bonito, e muito diferente do da cidade. E a mãe lhe dissera:

– Olha para o céu, quando a noite chegar. Desse jeito saberás o significado do teu nome.

E foi anoitecendo, ficando cada vez mais escuro. Nyelete ficou durante muito tempo a olhar e a olhar para o céu. Mas não tinha nenhum luar, e não havia nada escrito na noite sobre o significado do seu nome. Apenas via as estrelas, muitas, por todo lado, iluminando a Terra.

Curiosa e intrigada, foi perguntar ao avô Malinda se a lua não passava por aquele pedaço de mundo.

– Claro que a lua aparece por aqui – respondeu o avô. – Hoje apenas está a ocorrer aquilo a que chamamos *eclipse de embondeiro*.

– Eclipse de embondeiro? Nunca havia ouvido falar disso.

Calmamente, o avô lhe explicou:

– A certa altura do ano, os embondeiros crescem, crescem, crescem e crescem. Crescem tanto que até conseguem tapar a lua. Os embondeiros estão, então, a eclipsar. E é numa dessas noites que nascem flores muito brancas por todo o embondeiro. Elas vivem por pouco tempo mas, em vez de caírem na terra, elas se transformam em estrelinhas. Voam pelo ar, vão alto, bem alto, e depois se espalham pelo céu. Primeiro enfeitam a árvore com a sua luz, por uma noite. E, nas outras, ajudam a lua a clarear tudo por aqui.

Foi aí que o avô chamou a estrelinha de *nyelete*.

– Este céu é diferente do da cidade. Uma *nyelete* brilha aqui, outra mais ali, aquela lá, acolá.

Assim a menina descobriu o significado do seu nome: *estrela*!

E como Nyelete não sabia de muitas coisas sobre embondeiros, a avó lhe amarrou uma *capulana*, para protegê-la do frio, e foram até a árvore. Era uma árvore muito grande mesmo. E o avô continuou:

– Sabes, no tempo da guerra, há já alguns anos, quando tu ainda eras bebê, os chefes da aldeia e toda a população vinham fazer rezas e trazer oferendas ao embondeiro. É através de suas raízes profundas que ele leva as mensagens para os nossos antepassados. Pedíamos proteção. Em situação de perigo, quando chegava a noite, o embondeiro crescia e engolia toda a nossa aldeia. Se os bandidos chegassem para atacar, não encontravam nenhuma *palhota*.

VOCABULÁRIO

Capulana – pano que, em Moçambique, as mulheres usam, da cintura para baixo.

Palhota – casa feita de caniços ou barro, geralmente com a forma circular e cobertura de palha.

— E cabiam todas as *palhotas* de toda gente dentro dela?

— Cabiam, sim. Esse gigante protegia não apenas as pessoas, mas também os animais. Só depois que os bandidos deixavam a nossa terra, o embondeiro devolvia a aldeia, sã e salva. Essa árvore é muito importante para todos nós, por isso vivemos perto e cuidamos dela. Quando se construiu a grande estrada, que, pelo plano dos construtores, iria passar bem por aqui, não deixamos que cortassem o embondeiro, pois ele é sagrado para nós.

— Sagrado por quê? — perguntou Nyelete.

— Durante uma grande seca, os homens e animais morriam de sede. Toda a plantação secava e não havia alimento por toda a região. Essa árvore era a única que oferecia a água armazenada dentro de si. Ninguém passava fome, tendo seus frutos e folhas como alimento. Desse modo, todos sobreviveram. Por isso, a partir desse tempo, essa árvore tornou-se sagrada para nós. Respeitamos um embondeiro tal como respeitamos as pessoas. Cuidamos dela porque ela cuida de todos nós.

No dia seguinte, Nyelete conheceu outra menina, chamada Xiluva. Voltaram para ver o embondeiro. Apanharam um fruto da árvore e, depois de comê-lo, juntaram alguns caroços para jogar *mathacozona*.

Será que o avô saberia uma *karingana ua karingana* sobre o significado do nome Xiluva? O avô Malinda sabia tantas histórias que até se podiam comparar a todas as estrelinhas que existem no céu. À noite, depois do jantar, Nyelete ficou a saber que *xiluva* significa *flor*.

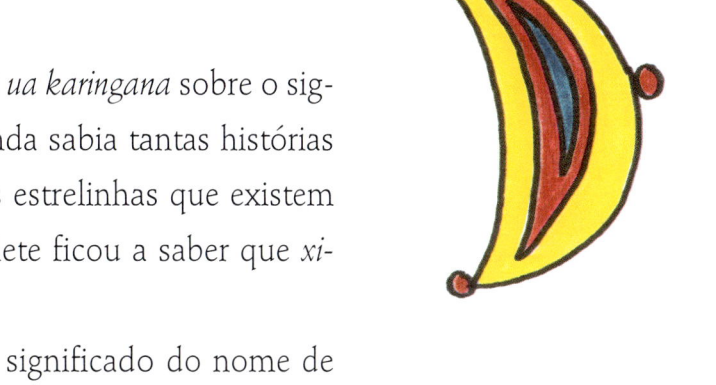

E, agora, Nyelete queria conhecer o significado do nome de todo mundo que conhecia. Até do teu, que estás lendo esta história. Então os avós respondiam.

– Depois, depois do jantar ouvirás outra *karingana ua karingana*.

E foi assim que esta menina, a Nyelete, aprendeu sobre os embondeiros.

O embondeiro,
o *njingiritane* e eu

Meu nome é Mário Lemos, tal como o do meu pai e o do meu avô.

Certa vez perguntei: por que tínhamos todos o mesmo nome? O meu pai me respondeu com uma *karingana ua karingana*, que falava sobre os *njingiritane*, nome de um passarinho muito pequeno e esperto que faz ninhos e fica a brincar nos embondeiros. No tempo seco eles emigram em busca de água e plantas verdes. Nas histórias, era nessa viagem aos novos lugares que levavam as sementinhas do embondeiro no bico, largando-as pelos sítios de seus caminhos. Gostavam tanto da árvore que tinham a esperança de fazê-la existir por toda parte onde andassem.

Fui percebendo como as sementes se transformavam em plantinhas e, mais tarde, em árvores. Mas não compreendia o que a *karingana ua karingana* ensinava sobre o nome do meu avô, do meu pai e meu.

Passaram-se vários anos e eu cresci e me tornei um homenzinho. Tal como os *njingiritane*, também passei a gostar de viajar e levar um pouco do lugar que gostava para outros cantos. E como é que o fazia? Já vos digo. Levava as mesmas histórias que meu pai me contava, que também carregaram as de meu avô. Toda gente gostava de me ouvir. Tive a ideia de escrevê-las também. Venho me descobrindo assim, como um *njingiritane* que voa cada vez mais longe, sempre levando no bico as histórias da minha terra, de que gosto tanto; os usos e costumes das gentes (e até das plantas) da minha terra, suas maneiras de viver. Atualmente

trabalho como colaborador do *Njingiritane*, um suplemento infantil, do jornal *Domingo*, em Maputo, capital de meu país.

Mas, essa forma não bastava. Queria conhecer mais histórias, novos lugares, outras pessoas. Aceitei o convite de fazer parte de uma associação chamada *Wona Sanana*, que quer dizer *Ver Criança*. É um trabalho em torno dos direitos das crianças moçambicanas nas comunidades rurais. Assim, além de saber como vivem os meninos, as meninas, papás e mamãs, por todo o país, posso ajudá-las a ter uma vida melhor. O que mais faço é brincar com as crianças desses lugares. Brincar é um dos direitos fundamentais das crianças.

Hoje, sou estudante de Engenharia Química. Talvez tenha escolhido essa carreira por causa de meu fascínio em observar a mistura da terra com a água, o vento e o sol para a construção de uma planta. Ainda mais quando ela se sustenta por mais de mil anos, como é o caso do embondeiro. Isso é química. A química da vida!

E assim, tal como meu pai e meu avô, também continuo contando *karingana ua karingana*.

Mário Lemos

A mesma árvore e seus muitos nomes

Heloisa Pires Lima

Em minhas pesquisas sobre essa árvore fabulosa, acabei descobrindo que baobás ou embondeiros foram batizados pelos cientistas como *Adansonia digitata*.

Toda planta ganha um nome científico, quando o descobridor de uma nova espécie avisa um desses centros importantes de botânica (que estuda plantinhas). Aí inventam um nome para elas e contam para toda a comunidade científica, que passa a tratá-las por esse nome. Também é desse modo que fazem com a descoberta das estrelas, que geralmente recebem o nome de quem a viu pela primeira vez e avisou todo mundo.

Lá pelos anos de 1750, Michel Adanson, um naturalista francês, andava pela África e fez um relatório sobre a árvore e o enviou para cientistas europeus. Em sua homenagem, deram-lhe o nome de *Adansonia*. É lógico que os africanos já a conheciam e a chamavam por outros nomes, pois baobá, embondeiro e adansônia são a mesma árvore.

Mas, seja qual for o seu nome, ela sempre é considerada a árvore mais generosa entre todas, porque tudo nela se aproveita. Suas sementes podem ser comidas cruas, como castanhas; torradas, como amendoim, ou misturadas com milho, para fazer um mingau. Se muito torradas, podem ser usadas para se fazer uma bebida como o café. As sementes têm ainda um óleo, que serve para fazer sabão. Também são estudadas por suas propriedades como cosméticos.

As frutas que nascem na árvore são uma espécie de cabaça. Sua polpa tem seis vezes mais vitamina C que a laranja. Dela se faz queijo e vários remédios.

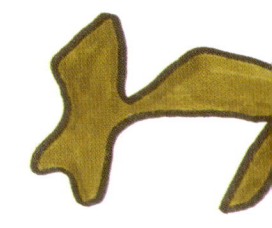

VOCABULÁRIO

Cabaça – fruto de casca dura.

Antigamente, seu suco era usado até para neutralizar o veneno, antes de se comer a carne de um animal caçado com flechas envenenadas, sabedoria que nenhum cientista conseguiu desvendar ainda. Somente alguns antigos senhores africanos é que têm esse conhecimento. Além de alimento, a cabaça pode ser usada como utensílio.

Pelo colossal engrossamento do tronco, que vai formando fendas, a adansônia pode virar uma moradia. Na África do Sul alguém teve a ideia de fazer um bar, um "baobar", onde cabiam umas 50 pessoas. *(Ver foto na página 49.)*

Mais generosa ainda ela se mostra quando morre. Desaba sobre si mesma, repentinamente, deixando uma montanha de fibras, das quais se fazem cordas, tecidos, fios de instrumentos musicais, cestos etc. Mas é muito difícil matar a adansônia. Se atearem fogo nela, ela não morre. Só uma manada de elefantes consegue arrancá-la para aí, então, devorá-la inteirinha. É a comida predileta desses animais.

As flores dessa árvore parecem confirmar a história contada por Georges Gneka. São branquinhas e ficam penduradas de cabeça para baixo, como sinos. É como se o baobá estivesse mesmo virado de ponta-cabeça.

Em grande parte da África, especialmente na região da Costa do Marfim, diz-se que é a partir do baobá que a vida pode ser recriada: ele dá água, comida, moradia, remédios. Mas, principalmente, ele é o elo entre a terra e o Criador. Mas também do Criador com o nosso mundo. E, como diz Georges Gneka, é o baobá que continua conversando com o Criador, sempre pedindo mudanças para a vida na terra, principalmente a africana. E o Criador continua mostrando a ele sua perfeição como criação. Através de seus braços voltados para o além, é ele que não deve deixar o Criador dormir!

Já no sul do continente, onde mora Mário Lemos, o embondeiro é considerado, também, uma árvore poderosa. Por ser tão gigante, parece tão protetora, já que perto dela parecemos uma formiguinha. Dizem que um bebê banhado com água de embondeiro crescerá tão forte quanto ele. Por se mostrar assim poderoso, todos acreditam que ele protege as pessoas que vivem ao seu redor.

Em Moçambique, dizem que, onde há embondeiros, há leões. Ambos gostam de savanas. Mas também dizem que, se a pessoa perseguida pela fera subir na árvore, estará salva. Pois quando o leão vem atacar, ao enfiar suas unhas no tronco, ele fica grudado. A árvore não solta de jeito nenhum. O leão seca, então, ali estatelado.

Mais poderoso do que o real leão, o embondeiro também é símbolo dos homens de poder. Pois quem vive muito não é muito sabido? Dizem que ele dá bons conselhos. Os reis, grandes chefes e sábios sentavam debaixo do pé de embondeiro para a tomada de decisões muito difíceis. E, até hoje, ele ajuda a encontrar respostas.

Quem o conhece sabe, ainda, que ele bebe toda a água da chuva que puder. Seu tronco é como uma esponja, que pode absorver uns trinta mil galões de água. Em época de muita seca, seus vizi-nhos costumavam cortar uma fatia da árvore e beber dali uma água limpinha. Mas só em caso de muita necessidade, pois a árvore é sagrada em muitos lugares na África.

O embondeiro dá sombra, mesmo quando não tem folhas, pois é tão gordo que cobre boa parte do sol. E, em torno dele, pode ser um bom lugar para se ouvir e contar histórias.

Karingana ua karingana é uma roda de histórias em Moçambique. É bonito... É à noite, melhor em volta de uma fogueira, todos sentados em círculo, que a história respira, fica viva, pois todos dela participam; batem palmas como se estivessem construindo uma música, fazem perguntas para o contador, dançam, repetem algum gesto recolhido do conto. A palavra *karingana* vem do Ronga, uma das línguas faladas nesse país. O contador começa e termina falando a expressão *Karingana ua karingana*! E a plateia responde *Karingana*!!!

Algumas delas falam da adansônia e de sua flor branquinha, como fez poeticamente Mário Lemos. Alguém duvida que de uma árvore maior que a lua, sendo a árvore da palavra ou árvore da vida, podem frutificar muitas histórias?

Eu moro no Brasil e por aqui as adansônias são raras. Do que sei, até agora, algumas continuam crescendo nos estados do Ceará, Rio Grande do Norte, Rio de Janeiro e São Paulo. Existem várias dessas árvores em Pernambuco. E como vieram parar aqui? Contam que Maurício de Nassau, um poderoso holandês que se instalou no Nordeste brasileiro, mandou trazer algumas sementes para os seus jardins no Brasil. Mas há quem diga que tenham vindo no bico de algum passarinho. Também contam que sábios africanos escravizados no passado conseguiram trazer as sementes para plantá-las e mantê-las perto de si.

Certa vez, eu andava num jardim, em Lisboa, onde vi, pela primeira vez, essa árvore fascinante. Em meio a plantas do mundo todo, fui perguntar ao jardineiro-chefe, que se chamava sr. Flores, se lá havia a árvore que eu procurava. Ele consultou um livro e foi então que me levou ao berçário de árvores, ou melhor, a um viveiro, onde ficam as plantinhas-bebês. E lá estavam elas. Foi assim que conheci duas dessas árvores; só que eram ainda crianças. Duas gêmeas iguaizinhas, parecendo uma garrafa de pescoço comprido.

Depois, fotografei algumas em Pernambuco, onde a chamaram de barriguda.

Guardei suas sementes para nascerem em novos livros!

A semente de adansônia: olha no que deu!

Aqui e nas quatro páginas seguintes, algumas fotos da adansônia, na África e no Brasil.

Uma adansônia, com seus galhos voltados para o céu... e, na foto menor, seus frutos, que nascem de cabeça para baixo.

Na foto maior, uma floresta de adansônias, em Madagascar, ilha próxima a Moçambique. Acima, o fruto fresco, recém-aberto.

Olha a flor de nossa árvore! Ela desabrocha de cabeça para baixo.

Um dos maiores baobás do mundo se transformou num "baobar". Quem quiser visitar, vá até a Cidade do Cabo, na África do Sul.

Heloisa Pires, junto a uma das poucas adansônias que há no Brasil. Esta fica no centro de Recife.

da ao mercado, por uma avenida de embondeiros, em Madagascar.

Imagine poder caminhar
todos os dias ao lado
destes gigantes sagrados!

Brincando com as sementes

Georges Gneka
e Mário Lemos

Amélia, Esneta, Mãezinha e Ofélia jogando *mathacozona,* em Moçambique. Na foto menor, o jogo do *awalé* na forma de um crocodilo. A escultura da foto é da Costa do Marfim.

Plantar e colher com o *awalé*

Georges Gneka

Fechado, um belo crocodilo entalhado em madeira. Aberto, vira um tabuleiro de awalé.

Três importantes jogos de reflexão existem no mundo: o *xadrez* no ocidente, o *go* na Ásia e o *awalé* na África. Eles são frutos de ideias, formas de raciocinar e, também, da memória coletiva dos povos que os criaram.

Pelo *awalé,* o jogador conhece a alma africana ou a dos baobás, pois é com seus grãos que se joga. A diversão tem um pé na mitologia e outro no cotidiano da África. Ao jogar, o que se está fazendo é repetir os ciclos da natureza: o cultivo do solo e as colheitas, que seguem o ritmo das estações.

Todo jogo tem uma estratégia. O *awalé* baseia-se na redistribuição contínua das sementes. Porém, tudo pode ser posto em xeque a cada instante.

Pela África, o *awalé* recebe vários nomes: *awele, lela, chosolo, kalak* etc. As regras também podem variar um pouco, tanto quantos são os vilarejos que existem em cada região. Contam que ele é originário do norte do Golfo de Guiné, de onde começou a viajar pelo continente e, depois, pelo mundo. Até chegou no Brasil.

Semear para colher é o princípio fundamental, que não varia. Esse é o segredo e a fonte, na prática ancestral africana, da troca.

As estratégias são exercícios de cálculos matemáticos, pelos quais desenvolvemos a rapidez mental, a lógica e a concentração. Tudo isso numa brincadeira. Ele é muito fácil de aprender. Anos de jogo, no entanto, fazem com que certos jogadores se tornem invencíveis. Mas é, sobretudo, um jogo baseado na generosidade: para ganhar, um jogador tem que saber doar ao seu adversário. *(Veja as regras no encarte que acompanha este livro.)*

Quem quer jogar
mathacozona traz os grãos
Mário Lemos

Em Moçambique existe um jogo feito com as sementes do embondeiro. Chama-se mathacozona, e pode também ser jogado com pedrinhas. Se quiser jogar com os seus amigos, siga as instruções abaixo.

Se você estiver no campo, pode fazer um buraco no chão, para colocar grãos, sementes ou pedrinhas. Na cidade, agrupe-as num círculo, no chão. Cada jogador fica com uma na mão.

Joga um de cada vez. O que está a jogar atira a sua semente ao ar e, com a mesma mão, tira algumas sementes de dentro do círculo e agarra a sua semente, antes que esta caia.

Depois, volta a atirar ao ar a sua semente e empurra as sementes de fora para dentro do círculo/cova, deixando apenas uma, e agarra a sua. Repete isso enquanto não perder. Quando perde, joga o seguinte. Ganha quem tiver conseguido tirar mais sementes.

A pessoa que tirar a última semente tem o direito de continuar a jogar. Por isso, é preciso repor as sementes enquanto houver alguém para jogar.

Ao outro jogo, ensinado por Georges Gneka, o awalé, aqui em Moçambique damos o nome de ntchuva.

O jogo de mathacozona é parecido com o das "cinco pedrinhas", que se joga no Brasil.

Agradecimentos

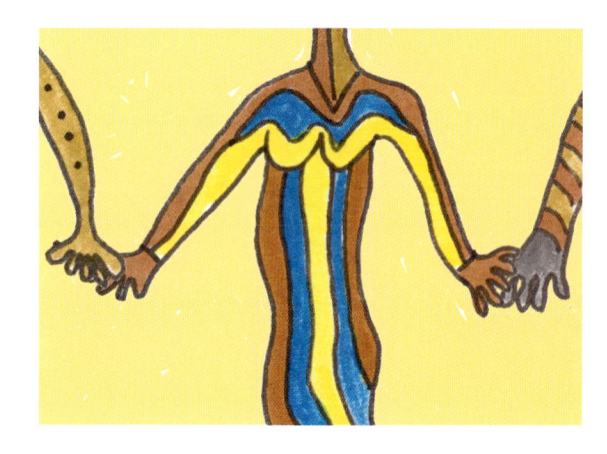

Foi Tereza Cruz, de Moçambique, que me deu a mão para chamar a generosa Angelina Neves, que chamou o Mário Lemos, que deu a mão para o Georges Gneka. Mário Soares da Graça ajudou a formar uma verdadeira corrente, em Portugal, dando as mãos para o sr. João Monjardino, que apontou o sr. Flores do Jardim Tropical. Uma mão amiga veio de Hildo, em Pernambuco, de Heloisa Prieto e de Lenice Bueno. Denise Dias Barros e Daniele Moreau me mostraram as mãos de Véronique Tadjo, que chegaram cheias de cores. Mãos dos biólogos Pezzi e Rosa Andrade se uniram às da pesquisadora Tatiana.

Agradeço o abraço carinhoso e divertido em torno dessa ideia. Agradeço a todos e a Saint-Exupéry, que me fez duvidar do que suas mãos escreveram.

Heloisa Pires Lima

Neste momento, uma lembrança especial *in memoriam* ao meu falecido irmão, Jean Claude Gneka. Meus agradecimentos e todo meu amor para Antoine Gneka, meu mentor e pai.

À Jussara, brasileira de alma pura, esposa e mãe dos meus filhos, Thierry e Patrick. À Heloisa, sem cujo incentivo não me atreveria a investir neste caminho nobre da escrita, que carrega os sentimentos do mundo. À Africa, celeiro de imaginação, ciência, sabedoria, que aos seus filhos tudo deu e ensina. A esse ponto de interrogação. À minha família brasileira e marfinense.

Georges Gneka

Dedico esta obra primeiro aos meus pais, Mário e Maria, por tudo aquilo que me ensinaram com as *karingana ua karingana*. E, muito especialmente, num agradecimento superespecial mesmo, dedico a Angelina Neves (minha mãe artística), por tudo que fez e tem feito por mim e por outros jovens aqui do meu querido e belo país, Moçambique. A ela meu *kanimanbo* (obrigado)!

Mário Lemos